甘肃省70后作家陈先鹏『尘世三部曲』之二

假若尘世没有我的梦

陈先鹏 著

漓江出版社

· 桂林 ·

图书在版编目（CIP）数据

假若尘世没有我的梦 / 陈先鹏著 . -- 桂林 ： 漓江出版社，2024. 11. -- ISBN 978-7-5801-0061-0

Ⅰ. I227

中国国家版本馆CIP数据核字第2024W8H459号

假若尘世没有我的梦

JIARUO CHENSHI MEIYOU WO DE MENG

陈 先 鹏　著

出 版 人　梁　志
出版统筹　文龙玉
策划编辑　周冬辉
特约策划　周晓静
责任编辑　陈丽君
助理编辑　周冬辉
装帧设计　新视线设计
责任监印　黄菲菲

出版发行　漓江出版社有限公司
社　　址　广西桂林市南环路22号
邮　　编　541002
发行电话　010–85891290　0773–2582200
邮购热线　0773–2582200
网　　址　www.lijiangbooks.com
微信公众号　lijiangpress

印　　制　廊坊市印艺阁数字科技有限公司
开　　本　880 mm × 1230 mm　1 / 32
印　　张　8.625
字　　数　138千字
版　　次　2024年11月第1版
印　　次　2024年11月第1次印刷
书　　号　ISBN 978-7-5801-0061-0
定　　价　68.00元

序言

2016年，由读者出版传媒股份有限公司旗下的敦煌文艺出版社出版发行了我的“尘世三部曲”之一的处女作诗集《一个人的“江湖”》，该诗集是一本关注当下、关注社会、关注环境、关注人类的作品，由中国作家协会会员、甘肃省作家协会副主席、著名诗人牛庆国先生作序。此次我精选了近年来创作的两百多首新诗，组成我的“尘世三部曲”之二，即《假若尘世没有我的梦》。

与第一部处女作诗集一样，我所关注的话题依然是理想、亲情、友情、世间情以及环境、职场等。诸如“……当春风解开阳光的衣襟 / 这缕轻柔的暖静 / 是否能打开尘世的店门……假若尘世没有我的梦 / 我也要奋力在尖锐大地 / 郑重镌刻未来的命运……”“阅读大地 / 阅读粮食……”“暮春的花儿吐露芳香 / 一个暖暖的梦 / 诞生于行走的路程”，这些都是我在理想与现实发生碰撞时的深切体会。

“……儿子手持喷壶/给花盆内的花和树/洗脸、梳头/他要给墙壁洗脸、梳头/给电视机、电冰箱及屋内/所有陈设器具洗脸、梳头……”“……虎头迈着小碎步/挑战中国诗歌的平仄押韵……”，记述的是我与幼儿之间的父子情深。

“浮尘/走进初夏第一次凝眸中/熟透了的榆钱儿/奔窜，没有方向……”“……我瑟缩的思路/在机坪，被冷冷风雪拧断/苍茫辽远的蓝色梦想/跌落在湿滑的跑道//……一个欢喜的想法/在刺骨的冽风和凛雪中/启航/我踏上了疲倦的旅程”“……风携着灰蒙蒙的口令/来指挥三伏天的第一声热浪”，描写的是自然界天气的变化无常。

“隆隆的雷声/砸得卧室之灯/噤若寒蝉//这是子夜，鸮叫的房顶/解说，城市楼群的彷徨……”“这树叶为何落不完呢/沮丧的老环卫工人用劲推搡冬天的树干/这干枯树叶像是没有翅膀的蝴蝶/纷纷跌落我的眼眶……”“暮秋的风扑簌簌收割了/金黄色的累累硕果//……时间在矫捷步履中跳跃/风扇着巨大的折扇//亮闪闪的星光/温暖黑夜的心情……”，这些诗作是对社会中不同人群工作或生活的点滴记录。

“喜鹊越叫越欢 / 将笑声 / 系上 / 风雨和阳光……”“路渐行渐宽 / 将人的身和心 / 裁剪成 / 泥土和风景”，寄托了我对理想和美好生活的憧憬和向往。

“诗言志”“在心为志，发言为诗”。现代诗歌无非就是借景抒情、托物言志、以古喻今等，以凝练含蓄、跳跃生动的诗语完美融合意象化思维的一种表达方式。我主要创作抒情诗、朦胧诗、哲理诗、赞美诗、讽刺诗、叙事诗。通过几十年的艰辛奋斗砥砺奋进，我虽然没有达到如期望的那样在全国各地官方纯文学期刊上形成一种气候，努力的结果很是不尽如人意，但是，在如今新兴的网络文学世界，却是得到了“无心插柳柳成荫”的优异成绩，也算是失落时的一点自我慰藉吧！

也许只有你的文学作品相当出彩时，才能赢得他人的赏识。诗仙李白在毛遂自荐的经历中，能够有幸遇见诗狂贺知章等那样的伯乐，并不仅仅是其贵人运旺的缘故，更重要的是他超凡脱俗的诗歌才华感召了“贵人”。在这里，我也不得不重提旧事，遥想自己当初向《兰州晚报》《甘肃农民报》《甘肃日报》等刊物投寄诗文时，那些素未谋面的编辑老师对我的诗作“慧眼识珠”。我常常被感动着，但又觉得好像欠了人情似的。其实，现在想来那可能是一种幼稚的想法，作者的作品质量符合刊物的发表标准，自然就是对编辑老师的尊重和对自己文品的爱护。

这也应该就是我所追求的“尘世”吧。

写于 2023 年 7 月 16 日晚

目录

CONTENTS

第一辑　假若尘世没有我的梦

第三辑 山水行吟风雨情

第五辑　二十四节气组诗二十四首

第一辑

假若

尘世没有我的梦

假若尘世没有我的梦

曲调高雅
韵律和畅

当春风解开阳光的衣襟
这缕轻柔的暖静
是否能打开尘世的店门

白衣苍狗
伯牙鼓琴

假若尘世没有我的梦
我也要奋力在尖锐大地
郑重镌刻未来的命运

◎创作于 2023 年 2 月 1 日

阅　读

阅读大地
阅读粮食

阅读白昼
阅读黑夜

阅读阳光
阅读星云

阅读文学艺术的时空
阅读岁月心情

阅读思念
在梦中
寂寞地游弋

◎创作于2023年2月1日，发表于2023年11月14日“中国诗歌网·每日好诗”

2016年2月4日的凌晨（外二首）

清晨6时45分
我已整装待发
身披黎明前即将开放笑颜的朝霞
步伐矫健
运动的韵律
铿锵大地

西山顶上春寒料峭
一只野猫突兀的哀哀求救声
划破枯井淡淡的黑色

我将一根三四米长的树枝
小心安放于枯井的黑暗里
我想：我能做的
也只有这些了

我仿佛看到野猫
轻捷一跃攀缘而上

当我沸腾了体内的热情
与宿舍的光线相逢
立春，原来今天立春

◎创作于2016年2月5日

2016年的第一场春雪

悄无声息
她，一位素洁的白衣仙子
步履轻盈
2016年立春第二天
绽放着棉絮花一样的笑颜

农谚云：春雨贵如油
在空空蓝天下

她预兆另一种喜悦和丰收
她飘逸地来了
在春天第一缕阳光下
她悄悄地走了
只留下一段流苏般的花样年华

◎创作于2016年2月

2016年初夏的第一场浮尘

浮尘
走进初夏第一次凝眸中
熟透了的榆钱儿
奔窜，没有方向

这天凉得
窗外的风吼叫着
树木向它摇着尾巴
祈求

一丝冷冷凉气渗进肌肤

这是 2016 年，丙申年
第一场咆哮的浮尘
像一只猛兽
突然扑来
初夏，就这样呼啸而来

◎创作于 2016 年 5 月，发表于 2023 年 9 月 8 日“中国诗歌网·每日好诗”

2019 年初夏的雨

缱绻的阴雨唤醒了
沉睡万年的梦
这是初夏
2019 年的初夏
我摸一摸稀疏白发

风呼啸而过
云在脚下尽情绽放
跑过耳边的柳絮、迎春花等
演奏着豪放不羁的音律

我这个独行的侠士
饮一壶隔世的浊酒
胸中便悬起济世韬略

梦一直向前，引领岁月
超拔且清凉

这是2019年的初夏
风和雨交替发号施令
令旗一挥
季节已改写
原定的故事情节

◎2019年5月30日创作并发表于“中国诗歌网”

行走在暖暖春风里

暮春的花儿吐露芳香
一个暖暖的梦
诞生于行走的路程

暖暖春风
轻抚心中的空域

行走
从今天开始
从暮春的暖风中
启航

我举着温暖
面向黄河
面向长江
面向高山
面向蓝天

行走，从今天开始
从地平线的余温中
行走，在暖暖春风里

◎2019年6月2日创作并发表于“中国诗歌网”

在刺骨的风雪中

这刺骨的风雪
冲破所有钢铁
炼成的防线

我瑟缩的思路
在机坪，被冷冷风雪拧断
苍茫辽远的蓝色梦想
跌落在湿滑的跑道

这几场连绵风雪
针扎般刺透了骨节
嘎嘎作响

一个欢喜的想法
在刺骨的冽风和凛雪中

启航

我踏上了疲倦的旅程

◎创作于2020年1月10日，发表于2020年1月20日“中国诗歌网”、4月15日“中国作家网”

眼神，是蹲守城市楼群的候鸟

隆隆的雷声
砸得卧室之灯
噤若寒蝉

这是子夜，鸮叫的房顶
解说，城市楼群的彷徨

我的思绪挣脱
冬蛰的睡意
哦！夜的西方
穿行万里

眼神
是蹲守城市楼群的候鸟

冬天的叶蝶飞进我的世界

这树叶为何落不完呢
沮丧的老环卫工人用劲推搡冬天的树干
这干枯树叶像是没有翅膀的蝴蝶
纷纷跌落我的眼眶

这是一个冬天的凌晨
这是一个寒风瑟瑟的周末
地上的叶子像蝴蝶一样
被风吹得摸爬滚打

这些没有翅膀的树叶
这些没有翅膀的蝴蝶
在无助的冬天
没有目的地地瞎逛

在冬天，一个瑟瑟发抖的凌晨
我望着撞满眼眶的树叶

这永远也落不尽的树叶
这干枯的没有翅膀的叶蝶

在冬天，一个寒风凛冽的凌晨

◎创作于2019年12月17日，发表于2019年12月22日“中国诗歌网”、2020年4月15日“中国作家网”

雪开在立冬之前

脸上泛着“瑞”的红晕
雪，步履轻盈
拉开，冬的帷幕

秋老虎的尾巴
溜溜收紧

在寒衣节后立冬前
雪来得正是时候

雪，若天界甘霖
雪来了，想来就来了

◎2022 年 2 月 16 日创作并发表于“中国诗歌网”

2022 年的夏至

最是那一抹凉凉的风
袭扰了凌晨两点多的步履

短袖的日子上加件外套
可以暂时收服
这不同节气的冷热成分

这是 2022 年的夏至

风携着灰蒙蒙的口令
来指挥三伏天的第一声热浪

◎创作于 2022 年 6 月 21 日夏至，发表于 2022 年 6 月 25 日“中国诗歌网”

尘世的烟火似醉非醉

尘世的烟火醉了
尘世的烟火没醉

鸟儿张开翅膀
却无力问道长空

尘世的烟火醉了
尘世的烟火没醉

鱼儿在海面浅翔
却劈不开头顶的海浪

尘世的烟火醉了
尘世的烟火没醉

◎2020年6月1日创作并发表于“中国诗歌网”

被雷劈裂的老树

一棵老树，在路边
在通往机场门户约 300 米的地方
身体，像分了家单过的两兄弟
裂成两半
足足站了近一年

2015 年的一场春雷
闪电发飙后
老树被狠狠扇了一巴掌
他保持忍耐的姿势
默默祝福
过往的灰尘和尾气

他，一株老树
就那样

站立在春风里
又一次发芽、吐绿

◎创作于2016年，发表于2020年6月3日“中国诗歌网”

为尘世的杂念活着

在没有绿色的日子
我的希望在星空
寂寞地游弋

当梵音穿过灵魂的长廊
空旷得不着一丝痕迹

在尘世中
在浓烈的烟火气里
杂念，如野草一样
随意更改时光的年龄

这尘世的杂念
这牵绊人脱俗的念想
长期驻守

一个绿色的希望
默默生长、发育

◎2020年6月9日创作并发表于“中国诗歌网”

三伏天的雨

这雨来得这么匆忙
像是小孩子的泪水
哭喊几声就会哗啦啦

三伏天
地表温度烫得人脚底生烟
房间里的空调使着劲
把一层层刺骨的冷气
扎入人的汗毛孔

这三伏天的雨
雄赳赳地冲下去
英勇地大珠小珠落玉盘
将地面污垢推搡进
一条条奔涌的下水道中

三伏天
一场雨紧追一场雨
凉凉的，突然
打开了一叶秋天

这三伏天的雨啊！

◎创作于2020年7月10日，发表于2020年7月12日“中国作家网”、7月14日“中国诗歌网·诗刊专区”

霜降·2021

暮秋的风扑簌簌收割了
金黄色的累累硕果

这是 2021 年的霜降

时间在矫捷步履中跳跃
风扇着巨大的折扇

亮闪闪的星光
温暖黑夜的心情

一场说走就走的雨夹雪
就这样来了

过多的溢美之词
将芸芸一一素描

◎获第三届“长江杯”中国诗歌大赛二等奖

立秋前后若干场雨

子夜沉沉
陡然间，一只老蜣螂
阴狠地朝夜空
喷了一阵秽物

一只宠物犬
惊悚地吠出抗议数声

老蜣螂恐怖的声音
吞噬了久远的历史

无眠苦夜，朔风渐起
刹那间，电光石火
层层豪雨汹涌来袭

立秋前后
若干场急雨三五成群，结伴前行
大地洁净，空气凉爽

◎2020年8月18日创作并发表于“中国诗歌网”

千篇一律（外一首）

过去一篇篇地离去
现在一篇篇地跋涉

你在一页页数据中散佚虚空
我在一篇篇文章里追寻芳魂

米一粒一粒走进身体
油一滴一滴滴落历史
盐一勺一勺舀尽人世
醋一口一口喝干呼吸
柴一根一根消瘦肋骨

星星一眨一眨
月亮一隐一现

在千篇一律中
轮回人间

◎创作于2020年9月3日

三五只喜鹊叫醒我的心脉

在雨的琴音中
我骑行在秋天凉爽的风景里
一只、两只、三只……
树叶儿伸出手指计算
这树上蹲坐了五只

是的
我轻抚树叶儿的脸庞
喜悦在喜鹊的欢叫声中
悠悠渗进我的心魂

坑洼的路掀开新鲜泥土
一副生机盎然的面目

晃来晃去的积雨
抖落身上的灰尘
绽放诗和远方

◎创作于2020年9月5日

请大地赎罪

请大地展开宽宏的心量
给我一个赎罪的借口

请大地撑开厚实的手掌
给我一次赎罪的机会

请大地赎罪
那些曾被天真无邪的童年
弹弓发射的顽皮
捣蛋伤害的鸟雀

请大地赎罪
年轻躁动的青春
无意伤害的破碎恋情

请大地赎罪
逆行飞驰的摩托
孤单单车的迟钝

无心演出我的脑震荡

请大地赎罪
那些被一个中年男人
四十七年脚步的奔腾
无意伤害的蚁虫

请大地赎罪
如泉的才情
无奈招致
庸人的嫉妒和嗔恨

请大地赎罪
那些污浊世人的恶人恶行
在“横眉冷对千夫指”的脸谱上
躺枪

请大地赎罪
借一袭黎明的棉衣
散溢澎湃的阳光

◎创作于2021年1月29日，发表于2021年1月31日“中国作家网”

坚　持（外一首）

在每一个文字和标点符号结合的方阵
我的眼神如一枚晶亮的针
一针一线拾掇那些
过早流失的智慧和心血

宛若春蚕
在一片片绿色桑叶中
将日子咀嚼成希望

尘世的境遇
若天脉一水
坠落泥土
捏出一个俗气的人
在茫茫沧海中
扬帆启航

想起那时候

那时候的天空真蓝
那时候的空气真鲜
那时候的人心真纯

想起那时候
星星在点灯

想起那时候
月亮的笑声
治愈了人世的病痛

想起那时候
眼里的泪光
擦亮了远行的故事

◎创作于2021年2月18日，发表于2021年2月23日《安徽诗歌·诗坛选萃》，转载于“搜狐网”、2023年第4期《丑小鸭文学》等

二月二，龙抬头

正月就这样短暂地收场
停留在岁月之巅的乱发蓬松
也在研究，或许我们
已经失去了寻梦的自由

如铁的发丝坚硬
斑白的发根如泣如诉
一个需要梳理的疑问
悬挂在二月的出口

二月二走来了，龙要抬头
春天的剪刀石头布
裁剪出鲜亮的气息

◎创作于2021年3月13日，发表于2021年3月14日“中国作家网”、2023年第4期《丑小鸭文学》，转载于2023年3月23日“中国诗歌网”

沙尘暴穿过我的身体

从遥远的异国他乡
漫卷诗书喜欲狂的滚滚红尘
轰隆隆跨过中国版图

有一个亵渎生态健康的名称——
沙尘暴，令世间万物欲裂心魂
侵略扎营于数十个省市地区
疯狂劫掠绿色的希望

昏沉沉的滚滚沙尘
穿过我的身形版图
漫卷我的诗与书
撇下阵阵灵魂的战栗

◎创作于2021年3月21日，发表于2021年4月14日“中国诗歌网”

孟夏的雷声走过我的手掌

雷声，一串又一串
悬挂在孟夏
大珠小珠落玉盘的雨线

满眼的碧绿甜瓜
延伸，丝丝缕缕的瓜蔓

一条草绿色短蛇
游弋，青葱岁月

我的手掌
握住，紧密的雨声

◎2021年6月2日创作并发表于“中国诗歌网”

把思绪劈成柴火燃烧生活

思绪连接万千载
小酒独酌吟清风

柴米油盐酱醋茶
熬出诗歌的韵律分行
煮出散文的飘逸飞扬
蒸出小说的辽阔风韵

必须在文学的潮头
迎接海的冲锋

必须这样
高举思绪燃烧的柴火
照亮生活清澈的灵魂

◎2021 年 8 月 9 日创作并发表于“中国诗歌网·每日好诗”，转载于 2022 年《畿东文化与艺术》第 1 期总第 15 期

春打六九头（组诗三首）

春打六九头
一个赓续民俗的谚语
在西北偏北的凛冽中落脚

瑟瑟的风雪没有停歇
疾速飞行的步伐

春天羞涩的花容绽露
娇嫩的手儿轻轻拉开
怯生生的窗帷

冬三月，春三月
六九的头被春天冷不丁揍了一拳
打春了！

阳光跃上发芽的眉梢

料峭春风冻住
树林的门闩

春天迈着小碎步
宛若牙牙学语的孩童
总赶不上台历的时令

阳光正好，微风不燥
在春天
青草从土里硬生生挤出
那些关于世情的想念

蚂蚁们扛着锄头蜂拥而出
着手耕耘一年的生活

在春天
阳光跃上发芽的眉梢

春

春天来了
阳光在心里发出一声呐喊

是该来了
这个滋味欲说还休

春天打开清晨的第一缕阳光
春天打开窗外的第一口呼吸

春天打开高山上第一滴露水
春天打开大海里第一粒粟米

春天打开天空中第一声梵音
春天打开凡尘间第一笔诗词

春天来了
春天来了

◎创作于2021年12月8日，发表于2021年12月9日“中国诗歌网·春天送你一首诗”

暮春三月的第一场细雨（外一首）

把老天深深的叹息
收集在暮春
三月的第一场心情

我的想法徒步于暮春
细雨摇曳成梦

有风集结在浩瀚的《中华词典》
抚摸，最初的清新

公园的暮春

一只微小的虫子
在静谧的松树枝
荡着悠悠的秋千

暮春的鸟儿们
喳喳咕咕地欢唱

一棵一抱粗的柳树
轻轻抚摸我的心房

阳光的眼神暖暖射进
公园的暮春
一粒嫩绿的种子
绽开了欢颜

◎发表于《诗传播》2022年5月刊

春天的暗语（外一首）

春天
像一个吹着口哨的少年
朝气蓬勃地跑向前

春天
是我头发里盛开的希望
绿油油培育了心底的土壤

春天
是我眼里发芽的诗歌
静待雨露滋润

春天
与我悄悄签了个约定
接头的暗语
潜藏于七彩的虹云

◎ 2021 年 3 月 18 日创作并发表于“中国诗歌网 · 每日好诗”

绽　放

这一刻
万物萌动
芽苗破土而出
讴歌奋进的征程
绽放出新的面容

风衔着寒湿气息
将验明正身的重托
交付给
日渐回暖的阳春大地

这一刻
春天所有的想法
都被泥土里吐出的绿
采撷而去

◎创作于2022年3月5日

以最后一场秋雨打开冬之门闩

打开了
打开了
暮秋的金色
打开了
初冬的门闩

一会儿笑脸灿灿
一会儿雨雪霏霏

这是暮秋的终结篇
这是风景的“冰火两重天”

打开了，向左是仰望
打开了，向右是俯视

打开了，向前是暖阳
打开了，退后是寒冬

打开了
冬天就这样似是而非地来了

◎创作于2019年11月5日，发表于2019年11月8日“中国诗歌网”

盘踞黑夜的车辆

这些大小车辆
盘踞在薰衣草庄园
机场沿途的路边
各自毫不客气地霸占地盘

它们霸占了黑夜的钟声
它们赶走了黑夜的宁静
它们驱逐了绿化带的洁净

当它们拍屁股滚蛋了
废纸、饮料瓶等
觍着脸再次霸占了
沿途的风景

◎创作于2022年6月4日

昼与夜传唱晚秋之歌

白昼与黑夜
在这里组建一个
合唱的队伍

机器的轰鸣声
是滑落昼与夜
最美的尾音

又一个白昼
又一个黑夜
光阴如流星

尘世间的人
平凡地把风雨的淋漓
虚构成长篇的文学

尘世间的人
心里只装着平凡的昼与夜

在这里，金色树叶铺满心情
晚秋，是传唱昼与夜
最美的赞歌

◎2022年10月27日创作并发表于“中国诗歌网”

在尘世间重复轮回

太阳从东方爬起来
他揣着温暖
为尘世开示黎明的礼物
白云从不知啥时候是个头的天空
积攒了一世的情绪
打开尘世淋漓的风景

西边夜幕下的月亮
她绽放极致的娴静
清新了尘世慵懒的哈欠

星星吆喝着亿万伙伴
他们收拢了最耀眼的辉煌
点燃尘世
灰暗的空气

赶赴生命的凡夫俗子
他们倾尽一世的苦乐
在尘世间重复轮回

◎创作于2022年11月10日

兔年的春雪（外二首）

本该是冬天演出的节目
非要在春天摆谱
这种质地清洁、价格昂贵的天然物质
在兔年的春天澎湃涌动

又一个深夜在红尘
沉醉不知归路
春雪激情飞扬
在碎碎念的大地
铺满一层层晶白的银沙

枝头刚想伸出的嫩芽
吸溜下鼻子
扮个鬼脸就缩起了脖颈儿

尘世间翻滚的雪水

给我一片荒原
我要栽种葱郁的森林

给我一捧雪水
我要灌溉思想的土壤

在尘世间
一场场雪水的交融
都有一篇篇文章的警世浩叹

在心底播种雪的春天

白天与黑夜
在自然界重复阅读

当天空那一缕炊烟
被紧紧收服
春天的模样在改变

雪水还在嫌弃冬的冷酷
偏要跑来跑去
春已无法承受

快学学神仙的剑指
口诀默诵，雪的春天已播种在心底

◎创作于2023年2月14日，发表于2023年2月16日“中国网络诗歌”

开　示

袅袅梵音在都市的凌晨
开始每一秒每一分每一天
森森林木里夜虫的春
走过每一片植被的心情
打开一炷香火的身体
平安，健康，吉祥
这只是每一个凡夫俗子，最低的期望
春天的沙尘依旧癫狂
马路边有许多歇脚的机动车辆
当山地车的车轮旋转尘世的艰辛
我知道，我已解开今世的围巾

◎创作于2023年3月25日，发表于2023年3月30日“中国诗歌网·每日好诗”

病中记

流水线作业的生活
黎明前的骑行计划
送儿子在熙攘的朝霞里
背起满满自信的学习生活
锻造一天繁忙的厚重书包

返回家后的首要任务是服药

我像一把绷紧了弦的弓
卸下时空里徘徊的病患
肠胃反复拒绝烟火人间
我用笔摸着青春年少的躁动

思绪里翻滚红尘
探望苍穹里翕动的云

静心聆听生活的声音
远方，阳光闪烁其词
步履依然轻捷、矫健

◎创作于2023年3月27日，发表于2023年4月2日“中国诗歌网·每日好诗”

初夏的干雷刺穿乌云（组诗九首）

立夏刚几天
只是滴下天上的几丝细雨

这一天
霹雳咔嚓的干雷声
心浮气躁地酝酿
只有灰突突的浮尘
以及锁着眉头绷着脸的乌云

狂放的风冷冰冰刮得大地发颤
初夏的树叶飒飒战栗
干巴巴的雷声
忽然就刺穿抻着脸的乌云

初夏的第一场雷阵雨

初夏
天凉得令人骨头发颤

路边的林木还在纠结短袖没穿几天
一下子凉到了秋衣秋裤

一阵爆珠子的闪电
冷雨瞬时滂沱
还原到时令的暮秋

这是初夏
第一场雷阵雨
就这样拉开了夏的帷幕

闷雷一场场拧开入伏的锁芯

闷雷指导着大雨
导演了一场又一场
炎夏的沸腾激情

这是入伏的信号灯
霹雳咔嚓地发射些电光
就能在瞬息之间准确地攥紧乌云
然后轻松地拧开入伏的锁芯

大雨滂沱地倾泻
清洗了浊世的肮脏

雨后，一个个清新的风景
重复雕塑洁净的人心

三伏天的雷阵雨

霹雳，闪电，乌云压顶
这些神一样的约定
在三伏天
展开一场轰动灵魂的活动

风衔着自然的指令
指挥着林木森森
剪辑着瓜果飘香
营造一阵紧似一阵的清凉

雷声阵阵，大雨倾盆
万物蓬勃拔节而升

一束穿透乌云的彩虹

不知在乌黑的云里逗留了多久
在头伏天凉雨的反复洗礼中
眨眼间就能突破
自然伟力塑造的形象

扛起一架彩虹的桥梁
梵音天籁般穿透乌云
苍茫空域无垠的回眸
抵达般若彼岸的莲花

生活在那一缕炊烟里

清晨
我用眼神推开

岁月的风景
一缕炊烟袅娜着身形
爬上时光列车

我摊开信笺的手掌
提笔挥出梦的心情
生活在那一缕炊烟里

我做饭洗菜经营家务
尘世的底色演绎清净
生活在那一缕炊烟里

我参悟了一叶菩提
默诵善因恶果出世入世
生活在那一缕炊烟里

凿出假期凡尘的烟火气

从柴米油盐酱醋茶里
凿出假期凡尘的烟火气

从洗涮锅碗碟筷里
凿出假期凡尘的烟火气

从与妻儿探究追寻字词句段篇章里
凿出假期凡尘的烟火气

从手机屏幕网络键盘方格子稿纸里
凿出假期凡尘的烟火气

我把人心交给生长的泥土

我把呼吸交给最初的雨
我把记忆交给赶早的风
我把自己交给晚来的霜
我把思念交给蜗居的雪

在一杯啤酒里浮上来又沉下去
浓浓的啤酒在肠胃里开出了花
寡淡了苦行者的戒律

人世的沧桑爬过欲望的额头
一个魔鬼驻扎在尘土的心头

我把人心交给生长的泥土

完美的烟火

多年以后
洁白得不能再白的玉
站在尘世的誓言
她问佛国的那朵莲：
你依恋的人间
有天国净土美吗？

一朵白云走到眼前
佛国的莲淡然一笑：
你可曾听闻我心中的白
我们注定有一世的缘

玉娴静，在芸芸众生中
牵着佛国的莲
摆渡今生
完美的烟火

◎创作于2022年8月，发表于2023年8月《青年诗人·夏季卷》

春节·2023（组诗七首）

母亲做的洋芋包子、白馒头和花卷儿
还有父亲带来的花生酥糖和酥皮点心
是小时候幸福的颜色
红彤彤开在老屋里的故乡

岁月在炸油果子的香脆
二踢脚和鞭子炮澎湃的激情中
流转

和美的故事
亮闪闪灿烂在臊子面
浓浓鲜汤翻滚着记忆

50 年的春节
放牧着母亲连夜熬制的年味
香气馥郁的团圆里

升起来的是
2023 年的期许和希冀

◎2021 年 2 月 4 日创作并发表于“中国作家网”

新春的步伐

新春
仿若吹着口哨的少年
生机盎然地跑向前

新春
是我白头发里酝酿的希望
黑夹白润泽了心底的田园

新春
迈开奔腾的步伐

新春
甩开亢奋的节奏

新春的步伐
是沉淀了几个世纪
也没有约定的话题

春天的心事

梅树上的喜鹊唤来了春
大地的心事在夜空
争相梳理岁月容颜

站在春天昂扬的地平线上
一群欢畅的树芽和青草
正捋起衣袖
问道江湖

新春的韵律

柳树绿了，花儿红了
春天在众生的目光中

春风解开东西南北中的纽扣
发芽的青草挣脱泥土
湿漉漉的束缚

勤奋的蚂蚁们一簇簇
在坚硬的大地上
谱写着属于自己的篇章

田野的五谷鼓起腮帮子
节奏高亢地吼唱起秦腔

新春的韵律
在四季流动

感动春天

儿孙们用载满幸福的行囊
带来除夕美美的呼吸

除夕早上
一家老小用过新春的烟火气
妻子开始拖洗地板
儿子在卧室赶写寒假作业
母亲张罗包饺子的萝卜馅
我用礤子打开新生活的容颜

一根根细如纤丝的萝卜丝
扦插在泥土里的新鲜芽苗
电视里播放父亲的微笑

二弟及弟媳开着黄昏的霞光
载着调皮可爱的小侄子
行走着红红的喜悦
春天被深深感动

热腾腾香喷喷的饺子
团圆着一年的奔忙
在飞扬的雪花中
总结各自的成绩单

蜡梅迎春

红彤彤的蜡梅花
在凛冬寒风中
傲然挺立

一颗星宿的种子
攥紧大地内部的心脏

欢乐的烟花跳着璀璨的街舞
我们说着尘世间凡人的话语
蜡梅花默默打开微信
链接人心里另一个时空

冬天已经开始收拾回家的行囊
春天正着手开启
锃亮的行程

最美的风景

风把凛冽抓得更紧
日历上又送走了一夜
冬天的风景越走越轻
冰封的大地冷不丁踢我一脚

要知天命了
我每天节省生活
一点点减去多余的部分

就像这凛冬最后的寒风
从最初的猛烈
搜刮到最后的贫乏

我在巨人的脚下沉思
余下的，是最美的风景

◎2023年9月24日创作并发表于“中国诗歌网·每日好诗”

岁月的口水酸掉深秋的山楂（外三首）

深秋。密布阴云的一天
惹火的山楂
红透了行人的视线

单车的步伐
在园林短暂歇脚

雨滴的馋涎滑过
山楂，鲜红的脸庞

我看到
岁月的口水
流泻，酸透
深秋，红彤彤的山楂树

◎ 2023 年 7 月 25 日创作并发表于“中国诗歌网·每日好诗”

尘世间流浪

方格子耕耘的土壤已无法丈量
蓝色梦想托举微末的希望

那些尘世间鲜活的字词句及标点
怀揣痴色的欲望

风霜雪雨尽管倾诉

在这纷纷扰扰的尘世间
天地良心聚合洪荒之力

放逐尘世
流浪梦想

秋天，没有结束的话题

飒飒的树叶散发黄金的光芒
渐次褪去
丰盛的晚餐

秋天，把内心的善
收藏

在最深处的日记
我们一起试探和讨论

秋天，远没有想象的简单

至少，在黄河混浊的梦里
还有一个没有结束的话题

◎2023年7月25日创作并发表于“中国诗歌网·每日好诗”

晚秋的最后一片叶子

这些树叶成群趴在地上
每一处晚秋黄金一样的安详

风扯着晚秋的丰盈
大踏步甩开律动的风韵

最后一片叶子
自有分寸地在枝头栖息

约定，在深色的晚秋
有他一生满目的期许

◎ 2023年7月25日创作并发表于“中国诗歌网·每日好诗”

关于凌晨刺穿黎明的说法（外二首）

那些年，总是喜欢追逐凌晨的光
它像一把锋利的宝剑
刺穿黎明前的黑暗

我在这间歇性失忆的呼吸里
把自己想象成一棵挺拔的青松
青松的勃勃青春似如潮的松针
轻轻一刺，就把黎明扎出千万道光芒

沧海中的一粟

沧海毋庸置疑牵着人的眼神
那里有我玉石一样挣扎的想望
海水不听凡人的絮语
也只是不住地滚过来翻过去

当有一天海水枯竭了
当有一天桑田干涸了
天空游耍的白云突然发现
那颗粟米粒大小的玉石
已被海水擦得透亮且璀璨

追逐梦想

记得年少轻狂时的梦
记得食指的相信未来
蜘蛛网也曾侵略过我的青春
灰烬的余烟也曾叹息过今世的缘分
我总是一个人在练习
试图用双手翻开移动的苍穹
默默追逐前世的梦想

◎创作于2023年3月23日，并投第四届“徐志摩微诗歌”全国征文大赛

日出东方

许多年来
我总是一个人仰望
那一轮红似烈火的太阳
在我堆砌的厚重稿件中
默默制造无数个
从东方喷薄而出的日出景象
我用尽了洪荒之力
想要用瘦弱的笔杆
擎起那片属于自己的光明

◎创作于2023年2月19日

追赶黑夜的人（外一首）

星辰抱着人间的黑夜
为我披上一地的温暖

出发的时候就像奔赴远山
旅途虽远，风景却如此静娴

过往的车辆与路人依然
喧嚣着烟火气浓郁的人间

我骑行在萤火虫的微光里
努力睁大即将闭合的双眼

在苍茫云海间
辽阔的黑夜丈量人的胸襟

追赶黑夜的人
从风的呼吸里赶出了温暖

雨后的清晨

这场新雨默默开放在盛夏
大地开花的某个清晨
我骑着清新的朝阳
拐出机场的十字路
一只喜鹊在欢快地唱歌
这一路的风景附和着喜鹊的歌声
我伸起拇指点了个大大的赞

环卫工人的割草机嗡嗡奏响
进行曲
绿化带的绿植向太阳炫耀
椭圆形的大笑脸
我伸起拇指点了个大大的赞

路过一个十字路口又拐向马路弯道时
一辆青色的大切诺基耐心地放慢脚步向我微笑示意
我快速靠右骑行

大切诺基从岔路口拐向大马路时
我伸起拇指点了个大大的赞

◎创作于2023年6月17日，发表于《山东诗歌》2023年10—11月合刊

我所不想看见的

天空有天空无边的想法
大地有大地辽阔的视野

我所不想看见的
是这尘世里
宠物犬随地便溺
以及人类没有节制地污染和排泄

而蚊子无疑是嗜血的
苍蝇也无疑是肮脏的
还有乌鸦的腹黑和阴森
以及不可名状的其他
它们狂魔乱舞
组成了许多正常人所不想看见的

◎创作于2023年7月2日，发表于2023年8月14日“中国诗歌网·每日好诗”

五月，行吟浪漫的花季（外一首）

五月，微微的暖风轻拂人心
五月，浪漫的玫瑰推开心房

五月，漫步田野辽阔的盛情
五月，微醺的夏风追赶年轮

五月，山上的寺庙诵读梵音
五月，云里的神仙普降甘霖

五月，水里的精灵发射灵感
五月，地上的凡人修补灵魂

五月，在锦衣夜行的花团中
五月，在醍醐灌顶的雨雾中

五月，在一人一枪闯荡江湖的孤灯下
五月，在高声歌唱用心行吟的花丛中

六月的甜蜜催熟植物的果实

种下了春风
种下了阳光
种下了自信
种下了希望

在这六月的天空
收割的呼吸愈来愈近
暖暖的夏风轻抚手掌
倾心的阳光紧握笔锋

在这六月的天空
收获的气息蒸蒸日上
满满的自信愈挫愈勇
曈曈的希望光耀辉煌

◎2023年7月12日创作并发表于“中国诗歌网·每日好诗”

第二辑

尘世情义写春秋

两岁的儿子在浇花（外一首）

儿子又一次看到了
书丛，潜伏许久的喷壶
他用手指表白
他用脚尖传递
他对喷壶的情意

儿子手持喷壶
给花盆内的花和树
洗脸、梳头
他要给墙壁洗脸、梳头
给电视机、电冰箱及屋内
所有陈设器具洗脸、梳头
包括我这个大沽人
裸露在光阴下、历史中
像青草一样的腿毛

他的动作娴熟

治愈了宝宝一岁二个月大的生疏
他的手指已能够抵住
喷壶的支架
按压的节奏
如他口里滴溜溜
翻着筋斗云的梵音天曲

儿子刚好两岁大点

虎头儿子的一天

凌晨六时许
儿子虎头用他话语的欢悦
解锁，一日生活的序幕
家人为他喂下大半瓶
温开水
洗涤，昨日
全方位的旧物旧事

用过早餐
我领着两岁大的儿子
他手舞足蹈
自娱自乐
小口里念念有词
在后山小道
练习，童年季节

美妙唐诗在我心底
传送，朗朗上口
虎头迈着小碎步
挑战中国诗歌的平仄押韵

睡过午觉
虎头伸懒腰打开尘世的钟点
之后的重点事务
依旧，大半瓶温开水
这是他的必修课目

镜头切入中川公园
花草树木笑吟吟拍着巴掌

心情，自由飞扬
虎头揪下一朵蒲公英
小口用力一吹
蒲公英白发零星一地
在潮湿土壤
希望，找到了家

一日抑或一年之计
我握住岁月之手
探寻晨与春

虎头如一粒种子
种在我的目光里

◎创作于2012年6月15日，发表于2023年10月17日“中国诗歌网·每日好诗”

清明节，想起老祖父

在三尺见方的公墓
菊花静静地安睡

两周年多
我掰着手指想念
老祖父的点点滴滴

阴郁的天空
断线的愁云飘啊飘
老祖父的纸烟吐了个大大的圆圈
天空打了个喷嚏
微微的雨水
滴落我的脸庞

我站在清风的顶端
一缕缕袅袅的烟灰

瞬间捎走了
孤零零的岁月

◎创作于2020年3月22日，发表于3月25日“中国诗歌网”、3月31日“中国作家网”

作　文

你蹙蹙眉
无辜望向父母
委屈的意思已被泪水
摔碎在作文本上

几个小时的光阴
我的儿子
时间被你剥削成
掌心窸窣的游戏和歌曲

昨天，你捧着一摞课外读物
今天，你的心思在撒欢
大野茫茫
你却不会学习规范
若日记一样走近理想

◎2020年11月14日创作并发表于“中国作家网”

搀扶母亲过马路

黄昏
陪母亲一同出门
母亲缓缓扶着楼梯护栏
我忙用胳膊搀扶住她
从二楼到一楼
我的胳膊竟沉重了
足足半个世纪

出了电子门
母亲依然缓慢地前行
我依然搀扶住母亲
在过马路时
我再三叮咛
绿灯行，红灯停
走路要靠右边行
像每次叮嘱上小学的儿子一样

年已七旬的母亲
依然缓慢地走着
让我这个一米七五的中年男人
瞬间矮小

搀扶住母亲
搀扶住悠悠岁月
搀扶住她的一生
搀扶住她的幸福、快乐、平安和健康

就这样
缓慢地走过马路

◎2021年1月22日创作并发表于“中国诗歌网”、《甘肃日报》

摘玫瑰花的农人

一簇簇，一丛丛
弯腰在土壤深处
拾起五月的早晨

摘玫瑰花的农人
悉心打理露水和玫瑰花
奔跑的热情

摘玫瑰花的农人
从玫瑰花的掌心里
释放，满脸灿烂的笑容

暮春哀思

题记：2022年4月29日晨，惊闻中学某同学不幸病故，余心甚悲，作诗以纪之。

这雨冷森森
穿透暮春的骨髓
将哀思的蜿蜒
盘桓于暮春
最后的呼吸

郁郁的苍穹
皱起浓浓的伤痕
抹不去少年校园
青春的芳华

流着泪水啜泣的岁月
有你行吟生存的
累累星火

◎2022年4月29日创作并发表于“中国诗歌网”

我为花炮写首诗（诗三首）

爆竹声声一岁除

听到这个声音
就像听到了乡村的童年

这种从内部逐渐膨胀
进而瞬息摧毁自身的献词
应该是童年最灿烂的回忆

把最美的自己奉献给天地
把爆裂的疼痛吞咽腹中

声声爆竹
即可呈上屠苏酒

蹦上天的二踢脚

一个筋斗云
就能闹天宫
这是我童年的二踢脚
带着美丽的愿望
呼啸着蹿上了天

胆大表哥的左手食指与拇指
轻捏住二踢脚的脖颈儿
右手用香火头点燃捻子
电光石火的一瞬
若流星疾驰
迅捷迸出辉煌岁月

二踢脚上天了
我和弟弟们高呼
过年了，春天来了

鞭炮送走了祖母念佛的岁月

祖母为人乐善好施
可那年惊悸的小马驹
却让喂食饲料的祖母
纠结了千年的裹脚布

一瘸一拐的祖母从此信了佛
念经的时候总要用茶水虔诚地漱口
不食肉不杀生不食五辛
后来干脆连鸡蛋都不吃了

祖母走时很干净也很安逸
她在尘世操持了八十三年
那天的鞭炮响彻了天际
阵阵唢呐声悲喜参半

送走了祖母

悠悠的念佛岁月

◎2022年7月24日创作并发表于“中国诗歌网·诗刊投稿专区”，并荣获“我为花炮写首诗”全国诗歌征文大赛优胜奖

可怜的羊群进入人间的味蕾（外二首）

羊群咩咩叫着
凄冷的雨丝

我疼痛的思绪
无法拦下这辆中型货车
苦涩的泪水摸索味蕾
干瘪的记忆

在这盛夏冷冷的冰雨里
归家旅途如此漫长

◎创作于2021年7月2日

嘀　嗒

嘀嗒
阅读文海书山
这一声
在幸福的海洋
缘定三生

嘀嗒
在抖音视频网剧里沉浮
这一声
在贫瘠的土壤
彳亍

嘀嗒
贪嗔痴慢疑
这一声
扫开了坟墓的黄土

在尘埃里落定

我徒步旅行
在尘埃落定中
贮藏数十年的愿望

这累积的沸腾
如萤火虫的微光
在灰暗时空

阿来
多么响亮的名字
揪着我的山河
以及
攀爬的时空

◎2023年11月3日创作并发表于“中国诗歌网·每日好诗”

开会的蚂蚁

“爸爸，蚂蚁们在开会”
在大地厚重的肚皮上
这些小精灵的生命力
蓬勃了两岁多的儿子
初见蚂蚁群的诗情和画意

袅袅梵音在空气里缭绕
芳香中青青苹果笑脸相迎

蚂蚁们擦干额角温热的汗液
列队挺胸整装前行

我欲在脚心安装一枚放大镜
生怕一不小心，踩碎
小精灵们的奋斗旅程

◎创作于2021年7月2日

城市美容师

把白天扛在肩上
把凌晨揣在怀里

把暴雨赶进土壤
把积雪抱入树坑

把白天、凌晨的垃圾
统统收进大地废品收容所

一抹炫目的绿意
盎然了黄河文明风景线

◎创作于 2022 年 12 月

喜鹊的欢叫穿过黑夜和白昼（外一首）

青青林木
葱绿的小草，斑斓的花卉
熬制夜晚的勤奋
我在清晨打点
故事里的光阴

喜鹊在我心里的高树上
一只，两只，三只……
她们的欢叫声穿过了黑夜和白昼
我在美妙音律环绕思绪的年岁里
轻抚她们黑白相间的毛发

这些年来
她们的欢叫声在柳树枝里
化作透明的甘露
细细浇灌这清晨的呼吸

我祈福，世界安康

大街小巷，港口码头……
满是戴口罩的人
我看看自己的医用口罩和墨镜
在瘟疫肆虐的大地
春风正渐渐走近

我祈福
远离人群，独自保重生活的温度
我祈福
自我隔离，珍惜命运约定的药方

无数的白衣天使
无数的人民英雄
他们不惧牺牲、无私无畏地冲锋
在抗击疫情的前沿阵地
奉献着民族的精神和荣光

我祈福，愿天使们吉祥
我祈福，愿英雄们安康

我祈福
愿天道昭彰，疫灾消亡
我祈福
愿人心良善，世界安康

◎创作于2020年1月29日，发表于2020年2月2日“中国诗歌网”

春天来了

春天来了
2020 年 2 月 4 日，立春
徐徐吹来的清风
推开大地
一度封闭的房门

春天来了
风淘气地挠挠路边
所有树木的脸庞

快快醒来
新的一天
新的生活
鸣锣开张了

春天来了
清新的春风

张开轻盈的翅膀
将一剂剂济世救人的良药
送达世间各方

春天来了
这缕缕春风沁人心脾
攻陷了肆虐大地的疫情

春天来了
春天来了
狂暴的疫情快快缴械投降

◎创作于2020年2月1日，发表于2020年2月2日“中国诗歌网”

那一年，在西湖的梦里（外一首）

那一年
我撑着油纸伞
走在西湖的梦里

那一年
西湖的水在评弹
凡人与妖仙千年的缘

那一年
我的痴情
囚禁了西湖的梦

雷峰塔的倾诉

被困雷峰塔

经书与清修作伴
这是我西湖的晚年

西湖的水啊
吞没了美丽的梦
一叶千年的扁舟
摇啊摇
摇碎了伶仃的木鱼

雷峰塔快快倾倒
释放我素贞暗许的芳心

◎创作于2022年3月19日，并投“月河月老杯”全国诗歌大赛

我心中的净土

幻化万千众生相
慈悲之下皆净土

普陀山，观音菩萨道场
羊脂玉净瓶中的一滴
神秀了我的灵魂

这滴水灌溉了我的身心
澄澈、透明、洁净

于是，走了我的宿罪
于是，有了我的净土

◎创作于 2022 年 7 月 1 日

关于《临涡赋》的前世今生（外一首）

我始终记得：天下文章有十斗
子建独得八斗，我得一斗
剩下的一斗归其他文人
记不清是哪位古代文坛大佬雄阔的豪语

回看公元 213 年春
魏王曹操征吴得胜时
曹丕、曹植随父回乡祭祖
遵从父命策马涡河岸边的即兴之赋
“呜”与“鸣”贴出悬疑
那个星夜的扑朔迷离

临涡
留下了魏文帝曹丕的春意盎然
掳掠了子建的前世今生

诗人气质终结了政治前途

我不得不叹服
子建，你的才高八斗
完美诠释大诗人的个性
你用煎煮的诗酒人生
至今仍通透着尘世的心魂

纵有傲然屹立星空的浩瀚才情
终究解不开骨子里的自由散漫
终究在严父一次次失望中
蜕变了尘世间
鲜活而不可逾越的心机

七步就能吟成名诗
隔世的风雨要为你
谱写惊叹鬼神的绝世乐章

你忧郁的诗人气质
在亲兄长嫉恨的土壤里
滋养浓浓的寒霜

子建，去做一个平凡的人
虽然埋葬了政治前途的锦绣
至少还有那么多辽阔的诗境
由你尽情放牧

◎创作于2022年6月16日

红船划破百年的风雨（外一首）

坐标，浙江嘉兴南湖
一抹红色耀眼的人生底色
绽放于旧中国
农历的六月

这是一艘红色的船
高挂起一面壮美山河的风帆
从红太阳积淀的东方
招展着镰刀锤头合奏历史的风云
斧凿，为天下千万劳苦大众
谋取幸福生活的宏伟征程

从南湖洪亮的誓言中披挂出征
战礁石，过险滩
劈波斩浪
踏破血雨腥风

胜利锁定
公元 1949 年 10 月 1 日

那一艘红色的船
划破百年的风雨兼程
高竖起
信仰永固的旗帜
在红太阳熊熊燃烧的苍茫大地

◎获“雅集京华·诗会百家”全国第五届百家诗会二等奖

护航空港黑夜的骄傲

从午夜的空港前行
昂首顶礼夜风里的空港
辽远寂寥的机坪
在飞行区护卫员青春的足心
盛开沸腾的火焰

风举起右手吹响警卫的号角
霜凝练夜光冲锋不息的旋律
雨甩开膀子擂起巡护的战鼓
雪默默耕耘空港惹火的激情

护航空港
护航空港黑夜的骄傲

◎创作于2023年5月

这一百周年（外三首）

——献礼“七一”建党百年华诞

用镰刀和锤头收割
艳如鲜血的
一面最耀眼的红旗
随风招展
致敬千千万万位
革命先辈、英雄烈士的热血和忠魂
光照千秋，彪炳史册

一

今天，2021 年 7 月 1 日
这个神圣而伟大的日子
中国共产党喜迎建党百年华诞

一个普天同庆、共襄盛举的伟大日子

充满了力量
充满了阳光
充满了希望
充满了和谐
充满了幸福

九千多万名党员
同心向往，瞩目仰望
太阳啊，温暖人心的光芒
这个神圣的日子
伟大的党与全国人民见证
复兴中华的伟大梦想

二

1921 年 7 月 1 日
最初的中国共产党只有五十七人

7月23日至31日
中共一大在上海顺利召开

从此
在那艘南湖的红船上
在纷扰的土壤中
第一个决议和纲领
执着地吐出绿色的萌芽
党的名称、性质、奋斗目标、基本任务等
在红色中应运而生

从此，党啊！
伟大的母亲
栉风沐雨，披肝沥胆
在血雨腥风、战火纷飞的年代
用鲜血和怒放的生命
书写
中华民族崛起的时代强音

中共四大、中共五大、南昌起义、八七会议、
  秋收起义……

凝聚艰苦卓绝的浴血精神
倾吐中国人民
“一寸山河一寸血”的悲壮抗战史诗
艰难磨砺出胜利的一笔

在 1949 年 10 月 1 日的朝阳下
一个伟大的声音响起
向世界庄严宣示
中华人民共和国成立了

三

这一百周年
母亲一样的党啊
伸出暖心的双手
引领我们
步入信仰的天空

这一百周年
母亲一样的党啊！
手把手培育我们
用热血和忠诚
补足
精神之钙

这一百周年
成千上万的共产党员、革命先烈前赴后继
抛头颅，洒热血
为了天下的劳苦大众
为了中华民族的崛起和复兴
牺牲了个人及家庭的安危和利益
陈铁军、夏明翰、赵一曼、杨靖宇、赵尚志……

为了建设富强民主的新中国
张思德、雷锋、焦裕禄、郭明义……
沧海一粟的党员们怀揣“全心全意为人民服务”
　的崇高理想
用生命和热血

用青春和激情
绽放温暖、耀眼的光芒

母亲一样的党啊！
那样宽广
那样深沉

母亲一样的党啊！
我们永远是您
忠诚的儿女！

◎获2021年“四海杯”海内外诗联书画邀请赛银奖

今生至爱（外一首）

在我青春扬帆的地平线上
有一位丽江水一样
清澈的姑娘
站在我的心中

一位丽江水一样
绝佳的姑娘
攥紧我丽江水一样
温热的掌心

一位丽江水一样
美好的姑娘
玉立在我
梦的翅膀

在我丽江水一样的
悠悠人生

有一位丽江水一样的
美丽佳人
伴我走过丽江水一样的
至爱旅程

油纸伞

再也没有一把伞
能够遮挡
梦的衣裳

今夜，伊人离去
思绪濡湿
在孤零零的岸边
搁浅

呓语之梦
如春蚕吐丝
一叶又一叶

咀嚼，生活容颜

我该如何向人打听
油纸伞的住处

◎2020年5月21日发表于“中国诗歌网”

农历兔年的腊月世情（组诗七首）

农历腊月初一

农历兔年的腊月初一
小寒节气第六天

若慷慨赴义的侠士
天气，依旧
延伸热血的故事

山寺里的晨钟揭开尘世
新一天的烟火气

素食主义者的情怀消解
众生皆苦
因缘在风中摇曳

腊月初四的视频直播

前言：2024年1月11日，收到“中国诗歌网”编辑来电，告知本人匿名诗歌《大雪从月亮的嗓音咳出来》经广大网友投票，成功入选“诗歌大擂台”第六期十佳诗歌，即将进入视频直播……

我的诗歌被网友推荐
“中国诗歌网”大擂台的十佳
第一次坐了“压轴”的轿子
含着二十多年的艰辛
创作要紧握落寞和孤独

强大的风再狂
也吹不到灵魂摆渡

腊月初四的夜晚
领着忙碌的生活奔腾
热血已不复当年豪情

当经过岁月淘洗的沙粒
淬炼出烈火里的真金
我的激动在直播视频中
颤抖出芳华青春

腊月初八的清晨

温和的空气行走在都市的金城
街上的汉语拼音诵读新春
渐渐欢悦的诗歌

腊八粥驱散本已成熟的寒意
三九四九冻死狗
顺口溜紧揪住农历兔年的长尾巴

暮冬的总结已完成天道的汇报
冬雪的分量比往年减轻了三分之二

远处寺庙里的梵音
清静了尘世的扰攘

喝了温润的腊八粥
才赞叹佛陀成道的磨难和艰辛

腊月初十的空港机坪

大寒把兔年里最冷的枪
瞄准了苍茫的空港机坪

凛凛寒风扎进脖颈儿
大棉帽子围堵的城墙
也无法阻挡这极致的美

走在空荡荡的影子里
夜空中最亮的星

洁白月神呵护如雪的心情
机坪四下簇拥的灯光
拱手相敬骤然的寒意

腊月十四的上午

上午八时
送儿子上课返回

一路的空气鸣叫
冻死狗的四九天

一辆电动车在我的视线中
缓速行进
一辆傲慢的黑色轿车
剑走偏锋

刹不住闸的电动车被护栏绞翻
身穿黄棕色皮衣的车手略显狼狈
黑车不屑地卷走一路小巷的尘埃

我急忙驾车上前
帮助捡拾散落一地的生计
“没事吧？”
“谢谢……”
电动车手尴尬地停好车

只是简单地问候
这寒冬腊月的
大哥，快去修修你的刹车

腊月十五的凌晨

凌晨的寒意也无法冷却
内心突突的炽热

陪伴精神或者灵魂
走过几十个如花四季

是莫名的感动
揪住那未被放逐的良知

在静谧的莽莽园林
聆听人性最初的声音

腊月十五
这一年的掌心
句号镂刻的梵音
圆满了夙世诫语

腊月二十三的大雪

风突兀刮起寒冬卷起的衣领
雪粒子漫天扑打着人的头脸

八功德水[1]一样的金沙在机坪
极速飞行

暖暖的，温温的
紧紧揪住腊月的尾巴
想纵情山水
歌唱这渐渐走远的冬季

春天的焕颜逐日之弓
厚厚的金沙铺满了心魂

我左右摇曳了生命的乐章
稳沉的自行车剥开积雪面容

一个熟悉的声音好听
前方高能的航标召唤起豪情
高速路封行了

① 佛教用语。

第三辑

山水行吟
风雨情

滔滔的黄河水划过我心间（外一首）

滔滔的黄河水
野马一样驮着我
奔驰前方

我在兰山之巅
俯瞰
这穿破金城腑脏的黄河水

四十多年前
当改革开放的战鼓擂响
在冬季冰封的黄河上
老一辈创业者们赶着马车、驴车
悠悠地哼唱
快乐的小曲

四十多年后，兰州
这个“两山夹一河”的省会城市

用宽博的胸怀
滋养了五湖四海的移民

兰州，这个古名金城的城市
森森林立的高楼
温润了冬季不再冰冻的黄河
洒水车、清尘车和环卫工人
悉心呵护“蓝天蓝”

滔滔的黄河水
一路高歌猛进
雄赳赳冲向前
轻飘飘划过我的心间
已然走进几个世纪
永恒的记忆

黄河铁桥

说起黄河

就会信手拈来
举世闻名
“天下黄河第一铁桥”
建成通行于一九零九年八月一日

这座桥
流淌着德美两国工程师、华洋工匠与甘肃各界人士的责任和担当

这座桥
浸润了他们超群的才情和智慧

这座桥
如今已是一百一十岁的长寿之星

这座桥
如今已有一百一十年的风雨历程

这座桥
如明月映亮
来去无踪的笑脸和人心

这座桥
张开宽厚的臂膀
温暖过往行人信马由缰

这座桥
见证了四十多年改革开放
丰硕饱满的成果

这座桥
傲立于白塔山下金城关前
像一位世纪巨人

这座桥
久久绵长
稳稳矗立在良心之巅

◎2019年5月24日创作并发表于“作家联盟”“搜狐网”

一群鸥鹭吻过湿地公园（外一首）

一群鸥鹭
欢蹦乱跳的春季
春江水暖鸭先知的日子

在湿地公园清新的湿气里
漫游春的呼吸
悠悠的芦苇晃荡着秋千
袅袅的蜻蜓蹁跹着思念

一群鸥鹭
吻过湿地公园

大佛寺

大佛寺的佛很大
他的掌心一收
就能握住整个天地

大佛寺的佛很大
肚腹里装着三千大千世界的芸芸众生
大佛笑呵呵抚摸着绿水青山
金山银山就坐落在甘州大地

大佛寺的佛很大
大佛亮堂堂拈花一指
心有多大梦想就有多大

◎2023年11月15日创作并发表于“中华诗词学会网”、2023年第3期“微山湖文学”微信公众号

哈达铺长征纪念馆（外二首）

末伏的天气依旧很热
二万五千里长征
最终将共同的精神筑炼于此
云一样的纪念碑高耸山巅
承载着历史伟大的使命召唤
身后的绵绵青山如猛虎卧伏
守护着亘古未泯的信仰

青木川古镇的雨

他像一个影视歌三栖明星
脚踩着甘、陕、青三条大船
青山绿水环抱他身形的坚挺高峻

走在诗意盎然的青石板路上
乌云四合群山氤氲
我一语成谶：要下雨了

入夜渐微凉
雷声阵阵中
大雨果真爆豆子一般
放纵青木川古镇之夜的豪情万丈

翌日，随行团队品鉴古镇风情
雨还在淅沥沥地起舞弄清影
魏氏庄院、烟馆、伟人纪念馆
热情的古镇居民竞相奉上特色甜点邀路人品尝

午时的木桶鱼还未上桌
又一阵大暴雨如爆竹一般纵情高歌
8 月 8 日，原来今天立秋

◎创作于 2023 年 8 月 14 日

茫茫草原

“风吹草低见牛羊”
科尔沁大草原
放牧，蒙古人的根和魂

我没有亲睹芳颜
更没有亲履芳踪
也难于一亲芳泽
科尔沁
只是来自我的念想

科尔沁，你在我一生
驰骋的信仰中

◎ 2020 年 8 月 4 日创作并发表于“中国诗歌网”、2023 年 12 月 25 日第 3 期“微山湖文学”微信公众号

三江的风雨美透了星宿

榕江、浔江与苗江三兄弟
紧紧拥抱的大江
孕育着七十四个儿女握手言欢

举杯邀月的江水酣醉一场
胸怀敞亮
三江的馥郁风景
倾倒了天空中
过往的云和霞光

三江的风雨美透了星宿
灵动的心魂
放牧时空，深情地凝望

◎2021年4月6日创作并发表于“中国诗歌网”、2023年第3期“微山湖文学”微信公众号

这苏州里的天堂（组诗三首）

意识跨越万水和千山
骑行冬天的阳光

来得真诚
把我的梦圆满

这苏州里的天堂
青青的水，绿绿的山

这苏州里的天堂
蓝蓝的梦，红红的脸

这苏州里的天堂
淡淡的风，白白的云

我的身体流淌着江南的血液

我的身体流淌着
江南的血液

这是族谱中的荣光
数百年前
陈姓祖宗携常熟宗亲
经略西北某方

蒜苗辣椒面粗犷的牛肉面
无法侵略吴侬软语的风情

在寒冬的冽风中
我仰望浩瀚星空

我的身体流淌着
江南的血液

江南的风雨

吮吸咀嚼
这风静静
这雨暖暖

这是江南
风和雨相依相伴

这是江南
风和雨夯筑钢铁长城

这是江南
风和雨依偎搀扶
历经生生不息

@2022年12月19日创作并发表于“中国诗歌网”

君子不醉

既要有如沐春风的雅量
也要有海纳百川的胸襟

君子
不拘泥与君子同醉
也委蛇小人之心

甘美的容颜滋润
宽厚的文学土壤

我是我，你是你
这个世界由清浊合成

◎ 2023年6月3日创作并发表于“中国诗歌网·每日好诗”

桃花撬开春天的梦

粉嫩嫩的呼吸
膜拜春天的皮肤
弹奏出梦的序曲

这桃花调皮地推开
春天的温床

风儿微微拨弄琴弦
阳光笑吟吟轻拍桃花的心

在枣阳
桃花撬开春天的梦

◎2023年1月13日创作并发表于"中国网络诗歌"

我心中的世外桃源（外二首）

这么多年
与我如革命伴侣紧密相连
一起挥手碾碎风霜刀剑

这么多年
摆渡我的灵魂
揪着我的河山
碾碎了许多坎坷和厄难

这么多年
在人世的精神之巅
匹马单枪开拓思想沃土
耕耘诗与远方

在微末的尘世间
紧紧攥住净土的根

这牢牢拴住的世外桃源
溶解我龙虎一样沸腾的梦

走进尘世间的世外桃源

青青草丛染绿瘦瘦的小河
红红的果子酒甜醉了福楼小院
鲜嫩蔬菜煎煮田园烟火
袅袅梵音清扫污垢的尘世间

一座云蒸霞蔚的清净青山
环绕着快乐且青春的阳光
一条欢喜雀跃的纯纯清河
蜿蜒着健康而静谧的星空
一缕秀发娉婷的淡淡炊烟
诉说简单惬意的田园风景

走进桃花源的心房
走进尘世间的世外桃源

祁连，那一泓纯净的篇章

绿水青山就是金山银山

在祁连，感动雪山
链接泥土之气自最深处开拔

往昔的滥砍滥伐乱排乱放违规乱建
灰溜溜夹尾巴滚了蛋

生态宜居，风光田园
祁连山的雪率性奔放欢颜
祁连山的风驰骋巍巍山巅

这一泓纯净的篇章
在祁连山赓续

山美水美，人更美
异彩纷呈的时代风情

◎创作于2022年6月4日，发表于2023年7月12日“中国诗歌网”、8月21日“中华诗词学会网”

像石榴籽一样紧紧拥抱阳光（外一首）

这句话散溢诗情画意
这句话赋予深远意蕴

石榴籽实饱满笑意盈盈
紧紧抱住和煦阳光

五六月的石榴花打开心窗
绝美的容颜唤醒惺忪清晨

打开烂漫热情的夏天
打开五六月的石榴花心

各族人民手拉手，肩并肩
像石榴籽一样紧紧抱在一起
像石榴籽一样紧紧拥抱阳光

石榴的气质煨熟幸福生活

先是甘甜汁水
紧接脆爽籽实
只要紧紧抱在一起
只要亲如姐妹兄弟

这是石榴的气质特征

石榴的姐妹兄弟众多
石榴的子孙喜庆满堂

咬一口满嘴生香
嚼一下通体甘甜

这是石榴的本色出演

石榴的绝美，石榴的甘甜
石榴的气质煨熟幸福生活

◎创作于2022年5月22日，发表于2023年第3期“微山湖文学”微信公众号

蜜瓜的香甜走进民勤的音韵（外一首）

这个味儿沁人心脾
这个味儿甜而不腻
这个味儿盘点光阴故事

民勤，沉醉岁月之地
缔造了二千八百多年前的“沙井文化”

腾格里和巴丹吉林两大沙漠
相会在一县交界处
握手言欢结为知己

石羊河的香甜心情养育了“中国蜜瓜之乡”
石羊河的恬淡音韵灌溉了“中国人参果之乡”

民勤，以河西女人的窈窕风姿
舞出了光彩鲜亮的旅行风光

石羊河国家湿地公园、青土湖、瑞安堡等列队迎宾
蜜瓜的香甜走进优美的音韵

籽瓜的丹田吸纳我的胃液

很多年没有见过了
就像是两个老朋友
如今，只有在初秋的市场
与这个味道邂逅

它的名字很舒适很接地气啊
我真想热烈拥抱蓝天
恰如热烈拥抱生动童年

童年时的籽瓜
常常生得膀大腰圆
我们一干被村里人称为“瓜长”的伙伴

与籽瓜相偕玩乐的手段
往往是意犹未尽的品鉴

那时，我家的五亩旱沙地
尽情放养籽瓜的峥嵘岁月
我提着弹弓履行保镖巡视的责任

我常常在笔记里做梦
回味籽瓜的无限甜蜜
它再次见我的时候
桑田沧海倒了个个儿
籽瓜的丹田已深深吸纳
我垂涎三尺的胃液

◎创作于2022年5月5日，发表于2023年12月13日“中国诗歌网·每日好诗”、2023年第3期“微山湖文学”微信公众号

袁家界，矗立武陵山区的高台（外二首）

揭开它的面纱
这个叫作袁家界的景区
山峰矗立在 1074 米的高空
武陵山区的心脏腹地

石英岩，随手捡起一片光明
照亮生活平缓的山岳

黄石寨，天书奇谈

我在历史中透视时空
当年为黄石公殷勤三拾鞋的子房先生
浓缩张家界的精华

解开仙家天书奇谈
陡壁，悬崖
列队的方阵是台地
南高北低

掐指一算点兵点将
天书宝匣、定海神针、南天一柱、金海探龟
各路仙家列位
共同谱写黄石寨的古今传奇

溪流穿透岩石的金鞭

一条美丽的溪流
在我心里清澈见了底

金鞭一样的岩石
在溪流的身体里

溪流在岩石里
岩石在溪流里

◎创作于2022年7月2日

平安，幸福的标志（外一首）

我用心来描述平安
这也是大地的愿景

平安，中国十大富硒之乡
唐蕃古道和古丝绸之路南线的重要驿站

历史的文化足迹涉猎绵长
和风摸过峡群森林公园
佛乐婆娑东沟林场的绿荫
受戒落发宗喀巴的古柏之香
硝水泉传统村落坐落凉爽

“浪山”个性独特，风韵别致
河湟文化攥紧平安、驿站、祈福文化的双手
倾情绘制诗意景区、诗意公园、诗意校园、诗
　意村镇……

在河湟谷地大醉一场

平展展的河湟谷地
土壤丰润厚实

伸手摘下天空一片云
做我麾下坐骑

我若醉
就结结实实地梦一场

骑着贪玩的白云
揪上遛弯的清风
拜访我心灵的知音

好想在河湟谷地
结结实实地大醉一场

◎创作于2022年4月19日，发表于2023年第3期“微山湖文学”微信公众号

我心中恒久不变的梦

白色的鸥鸟
自由驰骋
梦里的精灵
白云似棉絮一样
将幸福串成温馨

历经九年的中国梦
筑造了五十五千米
汇聚许多工匠的独运匠心
滋养一种时代精神
在一眼望不到边际的湛蓝大海
尽情遨游

港珠澳大桥
一个世纪的标志性建筑

擘画了
蓝图，宏伟雄壮

蓝天、碧海、白云……
是我心中恒久不变的梦

◎创作于2020年10月7日

一把钥匙锁住岁月的关口（外二首）

这是一把钥匙
裹挟着几千年
风霜的气息
漂移建康城
累世的呼吸

城里的众生
早已习惯它的模样
就像习惯一个自然的邻居

它横亘于岁月关口
紧紧锁住城市咽喉

那年，你终老于此

马鞍山

挽留了谪仙人太白先生

岁月终日在高歌豪饮
拼接“斗酒诗百篇”的绝美乐章

青年时的“十步杀一人，千里不留行”
终归要老死于此

就让江淮的晚晴
裁缝绝世的挽歌
在此奏一曲《将进酒》吧
祭献诗中仙凌云的壮志和豪情

米酒的馨香沁醉了马鞍山的山河

我沽来几斗横望山的米酒
邀请太白先生同饮一江水

品一品丽人般取悦心目的大青山

逗一逗风云再起的采石矶
摸一摸才色情三绝的太湖山
听一听梵音敲打灵魂的甄山寺

山醉了，河也醉了
馨香的米酒沁醉了
马鞍山的山河

绿水青山锻造的金山银山
铺满马鞍山的辽阔粮仓

喝一升馥郁的米酒吧
把明天的幸福画成一朵出尘的莲

◎创作于2022年2月，发表于2022年2月4日“中华诗词学会网”

这仙桃幸福了蓬溪的甜蜜（外一首）

这鲜嫩多汁的桃子
何时驻扎在蓬溪
让众多艳羡的口水
终究徘徊在
历史的边境

生态美环境美人更美
绿水青山就是金山银山

这桃儿可是天庭当年
美猴王看管的蟠桃
降福人间的仙品

此生乘着蓬溪的翅膀
愿做一回醉死仙桃的凡人

这白鹤穿行在蓬溪的碧空

白鹤，带着天界的仙气
穿行，蓬溪的碧空万里
将自然清幽之魅
悠悠抒情

我与你执手相看
人间已是千回百转

赤城湖的清丽
宝梵寺的庄严
高峰山的八卦迷宫……

终究，美不过

“梓东邹鲁、文献名邦”的千古风流

◎创作于2021年8月26日，发表于2023年12月5日“中国诗歌网·每日好诗”

这个味穿过我的山河（外一首）

还是那个熟悉的气息
将时空打包邮寄
故人远去
此地空余满地渴慕

岭南
曾经日啖三百颗的荔枝
折服着东坡先生的悠悠文思
呼喊着此生长相厮守

荔枝倾心酿造的甜蜜
荔枝深情演绎的清爽
这个味儿跨越数个世纪
这个味儿穿过我的山河

◎发表于《心弦·岭南诗歌年选（2021—2022）》

岭南，南方五岭以南

岭南，南方五岭以南
五兄弟携手制造五座山
名曰：越城岭、都庞岭、萌渚岭、骑田岭、大庾岭
引领着本根、百越、中原和海外的文化精英

岭南，广东花都
太古时代的“南海盘古国”
历史的风韵阅读
岭南的更迭时序

岭南，南方五岭以南
有风劫掠浩瀚《史记》
有雨淘洗千古风流
时间的沙漏
漏不尽悠悠光阴
盘剥的万代风情

美女峰，峨山之秀

沙湾——沫若故里
石豹、石猴、美女列队……
奇特的风华斧凿了
自然世界的绝代面容

美女峰，峨山之秀
写意天下山高水长
自然的细腻流韵
绝佳线条凹凸有致
驻守于灿灿星空

峨山之秀，美女峰
今夜入梦
需用绝佳的诗句抒情
过往的云烟和沧桑
需用透明的丹青倾听
山和水的呼吸

今夜入梦
峨山之秀，美女峰

◎发表于 2020 年 10 月 14 日“中国诗歌网·‘郭沫若诗歌奖’之灵秀沙湾征文”，2023 年第 3 期“微山湖文学”微信公众号

泸州，我来了（外一首）

古称江阳，别称酒城、江城
这个依偎于四川省怀抱的城市
这个川滇黔渝接合部的区域中心城市
这个长江上游重要的港口城市
这个世界级的白酒产业基地啊

泸州
拥有两千多年的国家历史文化名城
西汉时设江阳侯国
梁武帝大同年间建置泸州
他浑厚的臂膀
轻揽了泸州老窖酒酿、古蔺郎酒酿造技艺等国
　家级非遗项目

泸州，我来了
跨上梦的骏马
我尽情驰骋酒的海洋

泸州，我来了
今朝一醉
明日豪情怒放
悠悠万里晴空

老县长，那一年醉了

老县长
第一次与你邂逅
是在十多年前的一个春节
我在醉意朦胧中
吞咽了醇厚和浓烈

老县长
大名鼎鼎的“泸州老窖”

老县长
可否记得

那一年
我的豪情融化于血脉
你的醇厚生长在我的肌体
你的浓烈走过我的万水和千山

老县长
那一年
我的坦言和真情
醉了泸州的星空

老县长
那一年，我飘飘然
快乐似神仙
自此，常住你的心尖尖

◎创作于2019年7月7日，发表于2020年2月1日“中国诗歌网”

冷酷寒风搬运机坪秋事（外一首）

猝不及防
说来就来
这冷酷的寒风
将彩钢房的空旷
搬运，秋事的机坪
瑟瑟发抖地呼吸

为何凌晨的月亮
被魔鬼遮住了面庞
房内的空调吸溜着鼻息

一眼望不到边际的灰色
弹压着内心毫无波澜的余热

好想骑一匹骏马

骏马都是由伯乐相中
才能有独行千里的豪情
我的故事里有无数匹骏马
他们纵横文字疆场
驰骋想象的四海八荒

好想骑一匹骏马
有大漠孤烟直的挺拔意象
借以丰满长河落日圆的将军形象

好想骑一匹骏马
头戴斗笠手持长枪
身怀绝世韬略踏破贺兰山阙

◎创作于2023年11月5日，并投“首届塞酒杯全国新边塞诗歌大赛”

大雪从月亮的歌声里唱出来

小雪无雪
大雪也无雪

冬天的白是灼烧人眼的
金城的老气是窝了一肚子内火的
一点微弱的火星子
就能燃烧整个大地

兜里揣着内火的行人和车辆
丝毫没有违规的愧疚
视死亡若空气般透明

他就这样背着手走在影子里
朝着没有规则的方向
天气依然故我地发闷
不见一粒雪从龙王爷的哈欠里打出来

月亮从黑夜里张开嘴巴时
大雪就藏在她的歌声里

◎创作于2023年12月12日，发表于2024年1月14日“中国诗歌网·诗歌大擂台第六期十佳诗歌直播”（题目及个别诗句有修改）

第四辑

短诗精粹

春的气息

璀璨烟火怒放
元宵之夜
春的气息
近了

◎创作于2022年元宵之夜，发表于2022年2月21日“中国诗歌网·每日好诗”

歌　者（外一首）

喜鹊越叫越欢
将笑声
系上
风雨和阳光

树下，路越走越宽
人和树
都是喜鹊眼里的风景

风　景

花儿越开越艳
将心举向
蓝天和白云

风景

是持续的韵律

◎创作于2019年8月4日，发表于2019年8月20日《甘肃日报·百花》

透　雨

一道电光
劈开了热烈的思绪
在心的缝隙中
下一场透雨
淋漓飞溅

◎创作于 2020 年 7 月 23 日，发表于 2020 年 8 月 3 日“中国诗歌网·每日好诗”

道　路（外十一首）

路渐行渐宽
将人的身和心
裁剪成
泥土和风景

封　锁

棉花球塞住两耳
整个尘世的喧嚣
被幽深黑夜封锁

病　了

这世界生病了
病毒已悄然钻入
大地的脚心

攀　登

只管往前走你的路
岁月凝聚土地的力量
漠视、猜忌、排斥……
我举起如椽巨笔
漫天的飞花冲上云霄

静　思

星星爬上我的床
子夜的钟声
悦纳了白日的阳光

一种感动
悄悄打开梦的光点

觉　悟

清晨撒下美好的种子
夜晚收获一世的阳光
春天打开辽阔的目光
秋季分享田野的辉煌

格　局

掬一捧银河的水
洗净尘世的情
把心重新摆放

每一颗心的模样
拼成不一样的地理图形

生活的味道

抓一把人间的烟火
嘬一口山水的呼吸
慢慢咀嚼咂摸

空气里散发书香翰墨
迎春花儿唱着歌说
那是生活的味道

窗　户

窗内是一种生命
窗外是一种风景

手

翻手能掀起云雨
覆手能聚齐风浪

跌

在岁月的呼吸里轮回
一个“痛”字
刺出了一辈子

◎创作于2019年5月31日

自以为是

把一对夫妻样的词语
硬生生拆分
然后
上下分行
似乎就成了
一首好诗

◎发表于2023年10月29日“中国诗歌网·每日好诗”、2024年2月《青年文学家》上旬刊

重　塑（外一首）

一笔挥出
洪荒之力
重塑
分行的口水和垃圾

夜

白天
给我做梦的理由
我却用来弹奏
黑夜奔跑的旋律

◎创作于2021年5月11日，发表于2024年2月《青年文学家》上旬刊

倒春寒的一只蚊子

公历三月
疫情裹挟的倒春寒
蹒跚而行

一只蚊子
哆嗦，盘桓

我看到了
昨夜，我的血液饱满
喂熟了它蓄谋已久的美梦

◎创作于2022年3月，发表于2023年7月4日“中国诗歌网·每日好诗”

碎　了

碎了
生活一巴掌
无非是一块面包
被撕成了碎片
声音都是脆的

◎创作于2017年10月8日

麦　子

绿色健康的身影
活在日记本的记忆中
与我的抒情无关

如今沉甸甸
只活在我的眼里
活在兰州新区的高楼大厦里
已度过八九年的光景

◎2021年创作并发表于《山东诗歌》5月刊

冬的抒情诗（外一首）

转瞬便跨越许多
轮回的时令
严冬埋没风一样的刀和霜一样的剑
荒山枯树烙印
没马蹄的浅草
春日，若静静舒展
夏秋时的心情
那绿，那红

缘　缺

似闪电霹雳
劈破一场
亘古的旧梦
在夜的黑幕

缀满一弯
残缺的补丁

◎创作于1996年10月，发表于2024年1月26日《新诗刊》

梦中的航线（外八首）

霹雳和闪电
孕育风雨几番
迷失了，梦
原本滑行的航线

这片凋落的秋叶

以庄周死亡的方式
这树叶
蝴蝶一样
搭上西行天国的列车
初秋的彩云
簌簌落下
大野一片凋零

◎ 2019 年 9 月 1 日发表于“中国诗歌网”

足　迹

一条路倾诉风雨
铿锵的跫音
碾醒
沉睡的泥土

◎创作于1997年10月25日，修改于2023年7月27日

旭　日

旭日东升
飞彩的霞光
导演了万千焕颜

◎创作于1998年1月12日，修改于2023年7月27日

脉　动

三九天的凌晨
拎起我的梦
茫茫雪原
一个人的心跳
脉动着
大地的魂魄

◎创作于 2018 年 1 月 7 日，修改于 2023 年 7 月 28 日

投　稿

又一层冷雨
用一枚邮票的漫长
款款送来
冰凉的事故

又一地稿纸
粉碎，毫无情由的泥泞

◎创作于2019年6月，修改于2023年7月28日

日　记

生活的呼吸
渐渐褪去
雨后的淡雾
静悄悄锁定
日记本的眼神

横格一行行
弯成一张弓

笔触已退休下岗
风从耳边吹过

◎发表于2019年9月8日“中国诗歌网”，修改于2023年7月28日

微信·江湖

手指拈花一笑
只是一瞬间
巨浪滔天
搅动
微信中的江湖
注定已是前世今生

◎发表于2021年1月12日“中国诗歌网”，修改于2023年7月28日

孤　独

风攥住黑色
一阵紧似一阵
脖颈儿挂着夜的梦

躲在白天的孤独
被阳光打开的
是我的树荫

子　弹（外四首）

没有了枪管
没有了枪栓
没有了撞针
多么强大的杀伤力
也只是一块不起眼的废铁

捧　杀

用甜蜜的美颜粉饰
思想的镜面
再丢进熊熊炉火
散发出凡尘的烟火气

反　射

在尘世间旅行
思维与心情并肩作战
同胞的气息抚摸时光
投射出命运的声音

沉　沦

你想做的不是来自星星的你
只有这人间四月天的烟火气
一圈圈缭绕的重复模式

回　归

稀疏的白发携带着童真
回响之杖敲打乾坤里的行吟
最初的起点仍是四季如春

◎创作于2023年8月2日，发表于2023年11月8日第3期《微山湖》

骑　行（外五首）

我奋力骑行
冰凉风中
有我的江湖

◎创作于 2023 年 8 月 5 日

光

手电筒异样的光
偷窥着
我，黑夜涩涩
霹雳震震
粗暴地推开
我的心窗

幕

黑色夜幕遮住白昼的脸庞
将充满阳气的刚强
挂在眼瞳的梦

诗的盛唐

美酒，诗以及宝剑
含蓄，凝练
惊艳了盛唐

曙光瞬时穿越尘世的黎明

一辆，又一辆

一双，又一双
急火火的行人和车辆

在初冬
曙光冉冉站立大地
瞬时穿越尘世的黎明

春天的翅膀

咿呀咿呀的春天
身披霞光的白云
漫步春风

一个声音
在天与地之间
拿捏春天模样
生出飞虎的翅膀

◎创作于 2023 年 8 月 5 日

第五辑

二十四节气

组诗二十四首

立　春

几乎就是这个日子
2 月 4 日
驻扎于经年的日历

尘世间的摸爬滚打
在这个日子里奋起
筹划一个新的起点

既然要活脱脱地站立
就要给四个季节的兄弟
活出一个不一样的新鲜

立吧
新的春天已然打开
清丽的视野

雨　水

2月19日
农历正月初十
雨水把南侵的寒潮、浮尘打包折叠
交付2024年的节气

雨水红杏花开鲜
八九的气温骤降至零下十几摄氏度

田野里的坚冰埋伏
在高架桥阴沉的排水管口

凛冽的春风在抬头纹中
颤巍巍打战

◎创作于2024年2月21日

惊　蛰

惊蛰芦林闻雷报

空气里湿冷的呼吸
扎进马路旁还未返绿的植物

举棋不定的步伐
左右本该如此的星辰

3 月 5 日
惊雷没法听闻
这个日子竟如此慌张

◎创作于 2024 年 3 月 6 日

春　分

春分匆匆
雪花来不及告诉我一声
过客跨上岁月的童话
一转眼，谢幕历史的风雨

◎创作于 2021 年 3 月 21 日

清　明

清明风筝放断线

故去的先祖亲人
似断了线的风筝
想抓也抓不住

墓区的坟茔萧瑟着落叶
天空滴落一些雨水的哀伤

◎创作于 2024 年 3 月 6 日

谷　雨

谷雨嫩茶翡翠连

嫩茶的清香须从山水的灵性
航运海运，各种便捷打包载运

谷雨生百谷
淅沥沥的情怀抚慰着
我澎湃起伏的万里山河

◎创作于 2024 年 3 月 6 日

立　夏

立夏桑果像樱桃

是何物
斜刺里跃上绿树红花的眉心
穿行我的灵魂

◎创作于 2019 年 6 月 18 日

小　满

大风拉着冷雨疯跑
收割我浑身的毛发
阵阵冰冷将小满
硬生生拽进发颤的孟夏

◎创作于 2023 年 3 月 18 日

芒　种

芒种育秧放庭前

种瓜得瓜，种豆得豆
在田野种下善心善缘
为日月星辰做个好梦

盎然的魂魄在九度空间
握紧生命勃发的航向

◎创作于 2023 年 3 月 18 日

夏　至

夏至稻花如白练

稻花香里说丰年
这里听到的只有癞蛤蟆的呱呱声
大豆、胡麻、长芒麦子等
五谷杂粮的欢声

雷打不动
一年年轮回尘世
诉说一个又一个辉煌

◎创作于 2024 年 4 月 28 日

小　暑

小暑风催早豆熟

青豌豆长得饱满
入锅煮熟的浓香
可直入人间四月天

暖风熏得游人醉
那一层执念
久久不能自已

◎创作于 2024 年 4 月 28 日

大　暑

大暑池畔赏红莲

品鉴极高层次的红莲
需到佛祖的极乐净土
池塘里的莲都是出淤泥而不染

因为红色是最耀眼的荣誉
需要静坐死水般的池塘
耐心地聆听

◎创作于 2024 年 4 月 28 日

立　秋

不知是啥东西
骑在凉风的翅膀上
轻唤落叶该立秋了

◎创作于 2021 年 8 月 13 日

处　暑

处暑葵花笑开颜

太阳花，是葵花的别称
总是把最美的心情望向
天空中的阳光

收获的秋天
是丰盛和圆满

◎创作于 2024 年 4 月 28 日

白　露

白露燕归又来雁

大雁南飞了
冬天快要来了

天空的云儿聚过了
天空的云儿又散开了

◎创作于 2024 年 4 月 28 日

秋　分

秋分丹桂香满园

桂花的香气驻守这个节气
属于桂花仙子主宰的节气

晚秋的露水渐趋水灵
满园的丹桂溢满了
君子一言的高贵气质

◎创作于2024年4月28日

寒　露

中秋皓月还没有返家
一场又一场梅雨
紧跟着落叶沙沙
下得人心里装满了雨水

夜里的机坪灯火辉煌
航空器高声颂唱
金秋丰硕的献词

天气越来越冷
该添加的需按计划进行
露气欲霜，秋色渐浓
菊花酒已然斟满馥郁

◎创作于2023年12月15日

霜　降

霜降芦花飘满天

我很少见到芦花
北方的地界只有在湿地公园
依稀可见孤零零的芦花

◎创作于2024年4月28日

立　冬

冷不丁蹿上心头
冬天来了
是谁，在我的头顶大喊了一声

◎创作于 2018 年 11 月 7 日

小雪无雪

气温在白昼八摄氏度以上
这节气的金城
小雪是个意外

在看不见雪的小雪里
城市脚步有点惊慌

霸占非机动车道的机动车辆
同样霸凌了清晨和黄昏

在这不正常的呼吸中
水痘、猩红热、手足口病……
时刻关注着人类

天空渐次拉下了脸孔

有冷风丝丝缕缕漠然擦过
2023 年的兔唇走漏了小雪

◎创作于 2023 年 12 月 26 日

大　雪

大雪寒梅迎风狂

可惜的是，大雪似乎没有眷顾兔年
干巴巴的冬风
无聊地吹皱一地荒凉

◎创作于 2024 年 3 月 6 日

冬　至

寒冬的雪花很少看见
送儿子骑行在三九天
路边林木的枯叶零星站立
它们无声地望着尘世的过往

云烟，黎明前冲刺的寒意
盘旋在朝霞的光芒

一个满头白发的矮胖老妇
冷冷站在逼仄的人行道上
一堆刚焚化的烟火扶住漆黑的纸灰

小　寒

小寒游子思乡归

并不寒冷，小寒意外了兔年
气温依旧不算寒冷
思乡的游子开始了归家的盘算

日子一天天地轮回
干瘪的风迫切吹皱蛰伏的枯枝

◎创作于 2023 年 12 月 18 日

大　寒

大寒岁底庆团圆

飞机划破苍穹之光
火车昂首阔步鸣笛返乡
大小车辆开进宽阔公路
轮渡冲开湖海江洋

◎创作于 2023 年 12 月 28 日